詩集

きらめき処方箋

ひきだ 沙南

文芸社

もくじ

〈春〉

〈季節を越えて〉

〈春〉

晴れた日

空を見よ
わたしは見ている
見極めようとしている
迷いは消えた
これから
わたしの時が始まる

ふきのとう

冬将軍が後ずさりしだす気配に
そっと　顔をのぞかせる

世に出て
一息ついたところを摘みとってしまった
ありがたく天ぷらでいただく
ほろ苦さに温《ぬく》みを感じる

その時
食卓に小さな風が吹きぬける

花粉症

ほのかに草の香りがする頃
天気まかせの
飛行隊が街にやってくる
容赦《ようしゃ》なく
隙《すき》を見つけて飛びこんでくる
人もお猿も
パニック最前線

目はショボショボ
鼻はジュクジュク
息はハアハア
攻防戦へ大騒ぎ
お呼びでない森の坊やたち
堪忍袋《かんにんぶくろ》の緒がきれる
やつらの里にどしゃぶり祈願

竹の子

ざわざわ揺れる藪《やぶ》の中
重量挙げのように
土をもちあげる

雪やなぎ

麗《うら》らかな日
生け垣は海の渚《なぎさ》

白い小花は
軽やかに泡のごとく弾ける
さざなむ枝は
走りこむ風を巻きこんでいる

透きとおる小鳥のさえずり
波はいっそう輝きをます

めだか

サラサラな水の流れに
スーイ　スーイ

透明な世界に
やさしい線が並ぶ

チューリップ

コロリンショ
赤いグラスの中で
朝のしずくが揺れている

たんぽぽのたね

ひかりのよびかけに
かろやかにまいあがり
かぜのさすらいびととなる

すずらん

恥じらうように
白い涙を
こりん　と零《こぼ》す

水辺の鴨

パッチリした目で
水面を見つめている

フックラしたお尻に
子鴨がつづく
スッキリした顔で
わたしの前を泳いでゆく
滑るように鴨の体は受けいられ
静かな波がたつ

五月のうた

ラランラン　うるおう
緑の季節
大きい鯉のぼり
あぁ　空がひろがる

トトトン　かけだす
元気な季節
かがやく噴水
あぁ　水がおいしい
ルルルン　ほほえむ
出会いの季節
おしゃれなスニーカー
あぁ　胸がときめく

〈夏〉

木漏れ日

溢《あふ》れる緑にのみこまれ
木々の呼吸に引きよせられる
輝《き》り咲《さ》いた光のかけらに肌はすけ
わたしは静かな初夏の粒子となる

バラの誘惑

ティーカップに花びら一枚
甘い香りが囁きだす
じっと見つめて

あじさい

雨あがりの昼下がり
空間に大きく浮かび立つ

陽をためて
虹を吸いこんだ花びら
緑の小皿のしずく
互いに　密やかに語り合う

その声に誘われ
眠そうな蝸牛《かたつむり》がはう
のそ　のそ

梅雨《つゆ》

季《とき》の移ろい　ぼやき節
空はどんより湿《しめ》り顔
生きているから涙もでる
泣きたい時はまとめて泣こう
辛《つら》さの果てに
あつく燃える日々が待っている

すいれん

蛙《かえる》の声がにぎやかな池
朝のお目覚めはスッキリ
梅雨《つゆ》晴れした空を見上げている

今日の天気はまず安心
ひそひそ　と囁きあう
ぽっとした面《おも》持《も》ちに丸い葉鏡
湿《しめ》っぽさを忘れさせる

おしゃべり好きな仲間がいっぱい
水辺の清涼剤《せいりょうざい》

ゆりの園

ラッタ　ラッタ　ラー
パッパ　パッパ　パー
大地にひびく花ラッパ
汗を忘れる涼音《すずおと》発信

ほたる

光の舞は小さなメロディー
木立のステージ
暗夜のハミング

（山形県米沢市の小野川温泉にて）

青《せい》夏《か》

じめじめした梅雨《つゆ》があけた
わくわくしたり
たじろいだり
踏ん切りをつけて駅まで買い物

これでもか
これでもか
容赦《ようしゃ》ない光を浴びせられる
日傘を突きとおす勢い

滲《にじ》みでた
一滴の汗が目にしみる
陽炎《かげろう》のように揺らめく私
空を見上げて無言になる

来た
来た
どっと夏がやって来た

（青夏…盛夏をイメージした造語）

窓

緑あふれる山
ぽっかりした白い雲
手をのばして摑《つか》んでみたい
今　私は空の青さでいっぱい
よろしくね夏

ひまわり

背高花《せいたかはな》ライオン
光に吠えて
大地に立つ

かぶと虫

西瓜《すいか》の皮にかぶと虫　二ひき
かたい角で威嚇《いかく》する
暑さのなかの勝負の分け目
ここが踏ん張りどころ
力一杯　夏を咬《か》む

終戦記念日

私には満たされた生活がある
人間らしく生きることができる

私には愛する人がいる
安らぎを感じることができる

でも　いつもどこかで虚しさが隅にある
当たり前であることが当たり前でない時代があった
今も戦禍をのがれる多くの人々がいる

今日　新しい命は生まれ
今日　無惨に散る命がある
今日　街は破壊され
今日　地球が武器で汚される

無力な私はただ平和を祈るだけ
いつになったら世界の終戦記念日がくるのだろう

八月十五日
沈黙にしずむ波が押し寄せる

〈秋〉

虫の声

暑さに一息つく夕暮れ
リンリン　リンリン　と大合唱
草香るイージーリスニング
ようこそ秋

なでしこ

猛暑が去った
トロンとした陽が茶の間に入りこむ
窓辺から新しい息吹を感じたい
求めた花を大きな鉢に植えかえた

小さくて
華奢《きゃしゃ》で
チョロリと髭《ひげ》をはやす
刻みのある白い花はシーザーの子猫

栄養はたっぷり
日向《ひなた》でヌクヌクしている
気のせいか
ニャー
と撫で声がきこえる
心が通じた

そっと　触れたくなる
夢声《むせい》のペット

浜辺

九月の砂に思いがめぐる
荒れ狂う海に地球の始まりを思う

人類が生まれる遥か大昔
大きく膨らんだ宇宙で
無数の星が破裂した
塵《ちり》に宿った魂が
銀の雨となって降りしきった

水平線に心が抱かれる
太陽に焼かれた夏がゆく

秋分の日

爽やかに晴れた日
炎と化した赤い鶏頭の花を
父の墓前に手向ける

「自分で生きてゆくことを考えろ」
心に生前の戒めが立ちあがる
身を支えてきた言葉
闘う気構え

遠い日　人の世の冷たい風雨にさらされた
しなう竹のように生きた日々
折れずにくいしばった
プライドの源は受けつがれた力
私の中に父はいる

時は流れても
絶えることはない親子の情
原点に立ちかえる

秋の日

空よ　空
大きな声で叫んでごらん

夕暮れ

カラスの声が一つ
赤い沈黙にのみこまれる

ある日

色づいた柿の実に手を触れた
晩秋に温《ぬく》もりを感じた小さな旅
馬籠宿《まごめじゅく》を散策

志を高くもち
藤村《とうそん》を訪ねても
藤村に非ず

偉人を前に
叶わぬこと　分かっていても
そっと呟《つぶや》いてみたくなる

「我が詩
一つだけでも
世に残せたら」

人は十人十色
自分にしかないものがある
その信念で
夢人《ゆめびと》の跡に夢いだく

仙《せん》石《ごく》原《ばら》

どこまでも
どこまでも
銀の波に呼びよせられる

ここはずっと昔
稲を作るはずだったという
実らなかった無念さでしょう
稲穂に似たススキが輝いている

夢は叶わずとも大輪の花
尽きぬその思い
澄んだ空間をつきぬける

コスモス

雲を見つめて揺れている
風に吹かれて
飛ばされそうで
誰に支えてもらいたいの

もみじ

赤子の手のひらから
風が吹く

〈冬〉

シクラメン

枯れ葉が静かに舞いおちる午後
燃える色にひかれる
花屋で赤い鉢植えを買った
ピンと反りかえった花びらに
子犬の耳を思う

花を横目にキッチンに立つ
一日の締めくくりは家族との夕食

まな板　トントン
お鍋　グツグツ
鼻歌をうたいながら支度

誰かがじっくり聴きいる気配
一人きりなのに
嫁いで平穏な今日
花がそれを確かめている
亡き父の使いかもしれない

シクラメンは
私の生活に
こっそり　きき耳を立てている

木枯らし

不況に喘《あえ》いでいる日本経済
テレビのニュースに気が沈む
どんよりした空の買い物帰り
さらに心は空《むな》しくなる

あっ　と思ったその瞬間
辺りを巻きあげる
冷たい突風が吹いた
出し抜けの容赦《ようしゃ》ない仕打ち

生活の不安に穴をあけられた胸
そこに　凍てつくような痛みが走る
飛ばされないように足に力を入れた
耐えるしかない

颪はわたしを見すかしている
ここが意地の見せ所

ストーブのうた

しわすの十二月
押し入れからとりだす
お部屋をあたため
みんなとひとつに
ホッホッホッ
お部屋は春のよう

さつきの五月
押し入れへしまわれる
お部屋はスッキリ
みんなとおわかれ
サッサッサッ
お部屋に風がくる

大掃除

年の垢《あか》おとし
肩に力がはいる
いつもと違うわたしが動きだす

難関は台所
てこずっても遣《や》り遂《と》げる
見て見ぬふりは御法度《ごはっと》

あれもしなきゃ
これもしなきゃ
次から次へと目にはいる
ピッチをあげて
時間と悪戦苦闘

総決算
ドンと今年を払いたい

ライトゾーン

ときめく街　みなとみらいのクリスマス
何もかも忘れられるひと時
タワーイルミネーションのパワーに縛られる

朝とはちがう眩しさ
午後ともちがう開放感
魅惑の夜に
光の昼を見る

我ここに在りと宣言
それは　空に響く大合唱
何ものにも動じない
思わず歓びの歌を口ずさむ

冴えた気が
さらに心を浄化させ
光走《こうそう》ビルのステージに酔いしれる

正月花

つつがなく一年が過ぎようとしている
わが家の仕来《しきた》り
わたしの腕の見せ所

安泰がつづく緑の松
財をよぶ赤い千両
来る年を幸《さち》の年と願う

力が与えられる潤い
引きしまる時の流れ
未来に向かって空間が膨らむ

湧きでる思い
初春への心意気

ひと息タイム

冷えた手が
湯飲みの熱さに
ホッとする

みかん

北風さんが元気のいい日
つやつやした皮を手でむいた
汗がとぶほど
三日月たちが押しくらまんじゅうをしている

漲《みなぎ》る力をたっぷりいただく
甘いしずくに顔がほころぶ
肌に月色《つきいろ》がしみる時
ポワンとした胃袋は明るくなる
補充は完了

わたしの中の
小さな宇宙がふくらんだ

初雪

あら　雪だ！
いつになく冷える
横浜の降りは軽やか
暖かな茶の間から見る

嬉《うれ》しいような
辛《つら》いような
寒気の訪れ
乾いたものを潤す

むずむずと
わたしの中の童《わらべ》が目をさます
心は裸木となって花を咲かせる
視界に広がる雪野原
一枚の絵のようなひと日

気まぐれな純の世界
空のいたずら

藍の月夜

凍てつく夜
ふと　外気にふれたくなった
愛しい人への思いを重ね
孤高の月と恋を夢みる

街の灯が沸きたち
夜の暗闇が及ばない山の端
そこから　ほのかな藍が生まれる

照れくさそうに
白く光を放つ月
邪念を持たないあなたと暫し見つめあう
沈黙が切なさをます

虜《とりこ》となるひと時
藍深深《あいしんしん》

節分

もう限界
寒さにちぢこまる生活にしびれを切らす

日常の気の晴れないもの
全て向こうへ行け
いわし　ひいらぎ　まめ　で厄払い
福を呼びいれる
冬の眠りについている生き物にも届く声で

この辺が季《とき》の目覚め
神様はカチカチの空気に吐息をかけた

〈季節を越えて〉

これから

人生は笑わなきゃ
明日が膨らむように
悲しみは汗となって
爽やかに光った

越える

押しよせる日常
仕事はまったなし
ためらいは後回し

生き甲斐さまが
現れたり消えたり
元気でいると　肩におりてくる
弱気でいると　そっぽを向かれる
なんとか毎日お招きしたい

信じて
信じて
明日の自分を信じて

癒《い》える

闇が去って朝に気づいた
窓いっぱいの眩しい陽
こそっ　と気持ちが動く
昨日とは違う自分が生きられる
生きていられるって素晴らしい

うみ

もえるたいよう
あさ　あざやかに
ゆう　いとおしく

おさかながいたり
わかめがはえたり
しんじゅがとれたり

せいめいたんじょうはここから
いきものたちにうるおいをあたえ
ふしぎなことがいっぱい

しおかぜにいやされたいひは
はまべをさんぽする
おおらかないとなみに
いつもこころはあつくなる

できることなら
うみをコンパクトにとじこめて
そっと　みつめていたい

モーニングタイム

快眠から目が覚める
食することから始まる
ありがたい今日がある

わたしの朝食は軽食
牛乳　ヨーグルト　それにサラダ
中でもミニトマトがお気にいり
口の中でプチッと弾け
シワーッと広がる

一つ一つ嚙みしめる
しだいにテンションが上がる
一日という闘いに向けて
エネルギーの充電

朝の光をあびて
プラチナフィーリング全開

倦《けん》怠《たい》感《かん》

午後一時
昼食がすんで一息つく
どこからともなく
睡魔がおそってくる
もうダメだと一寝入りしてしまう

目が覚めると
わたし以外の存在が体にいる
自分で自分を切りひらいてみると
胃の中に
鼾《いびき》をかいたタコがいた

居《い》候《そうろう》

ついつい主婦業は後回し
結婚したらいつの間にか
わたしの中にメンドクサイが住みついた

そいつは　いつもは静かに寝ている
家事を思い浮かべる
すると　ムクッと起きあがり
心にぶらさがる
しばらく動けず
どかすのに時間がかかる
当分　出て行きそうにもない

テキパキ人間になれば
そっと　姿をくらますでしょう

お茶のうた

チャッチャッチャッ
ご飯のあとに
サラッと一杯

チャッチャッチャッ
お酒のあとに
スキッと一杯

チャッチャッチャッ
風邪ひきのとき
ジワッと一杯

チャッチャッチャッチャッ
気をとりなおし
カチッと一杯

拍手したくなる
万能選手

電気スタンドのうた

読書をする時
スイッチ　オン
パッと明るくなる
イキイキとエールをくれる
わたしを応援

読書がおわる時
スイッチ　オフ
サッと消えてゆく
ヤレヤレと役目がおわる
わたしと息ぬき

まんぷく

ときのながれをせきとめ
ひといきつくにちじょう
もう　うごけない

はなうた

軽やかな時
ふと　心の隅でジャンプする
今日のテーマ曲

経験

肝に銘じた苦い失敗
飛躍を秘めた
心のバネ

愛ある人生

結ばれる時
自然にほころぶ笑顔がある
夢を持ちつづける信念
出会うべくして夫婦《めおと》となる

朝　目覚める
安らぐ寝顔がとなりにある
語らいながら食べる食事
同じものを一緒に見つめる日
日々発見

摑《つか》みとることのできた運
一つ一つ壁をのりこえてゆく
二人でひとり
永遠という言葉がにあう
翔《かけ》る思い
この人と生きる

大切な人

あなたの存在があるから
私は強く生きられる

光より優しく
海より大きく
空気より清《すが》しい

いつも　語らいを忘れない
未来が微笑んでいる

地球が回っているよりも
あなたが自然

節　目

生きていると年をとる
知らず知らず年をとる
何とわたし　五十歳
振り返れば泣き笑いの半生

思いもよらぬ出来事に
ある日　心の扉はこわれた
歳月は過ぎた
今日の胸の高鳴りは
押しよせる苦悶の波をはねかえす

旺盛な食欲
ときめく心
元気な体はありがたい
この頃　ずうずうしさが顔をだす
ジワッジワッと老いがしのびよる
押し戻す気力は十二分
生きることは潤うこと

多分　大丈夫
きっと　大丈夫
思いを秘めてあと五十年
ひたむきに生きた日々に乾杯

黙　示

南国の白砂の浜辺で
私は心地よい潮風に身をまかせている

生命誕生の定めを担う
巨億の波に岩苔《いわごけ》は打たれる

その全てが
まぶしく輝き
何かを囁き合っている

密かに生きているもの達でも
心に大きな夢を抱くだろう
不変の海の流れに逆らうことなく

自らを保ち
揉まれて
美しく磨かれる

ひたすらに
ひたすらに
時を待つ
空は黙ってその一切を見届ける

（沖縄県うるま市伊《い》計《けい》島《じま》にて）

あとがきに代えて

ライフワーク

感性の輝き
ウキウキ感が大事
いつまでも　ときめいていたい
頭と心はつながっている
脳のトレーニング法は詩作

作品の出来が悪いと反省
うまく仕上がると有頂天

自分を見つめ
自分を深め
日常に喜びを見いだす
家族とのコミュニケーションも図れる

一日一編を目標
人を元気にすると信じたい
私ならではの
「きらめき処方箋《しょほうせん》」として

著者プロフィール
ひきだ 沙南（ひきだ さな）
1961年、神奈川県生まれ
國學院大學法学部卒業
華道、草月流二級師範参与
神奈川県在住

イラスト　ひきだ 不遠《ふおん》

詩集 きらめき処方箋

2014年２月15日　初版第１刷発行

著　者　ひきだ 沙南
発行者　瓜谷 綱延
発行所　株式会社文芸社
〒160-0022　東京都新宿区新宿１－10－１
電話 03-5369-3060（編集）
03-5369-2299（販売）

印刷所　株式会社エーヴィスシステムズ

ISBN978-4-286-14688-1